再见马戏团

〔日〕伊坂幸太郎 著
〔意〕曼努埃尔·菲奥 绘
倪莎莎 译

南海出版公司

新经典文化股份有限公司
www.readinglife.com
出 品

再见马戏团

I

听到轻笑声，卡尔转过视线，只见一个穿着厚大衣的妇人一边和花店的女店员交谈，一边接过包装精美的红白色花束。卡尔正想象着这花束将会送给谁，这时又听到妇人对店员说起话来。刚才她还笑着，不知为何，表情渐渐变得不悦。卡尔有些在意。他迈步靠近花店，经过时竖起耳朵听。

"好像是真的，听说那个男人逃到这里来了。"妇人

员皱起鼻子,"这里本来就小，暴露。"

说不定能在屋顶上跑来

下去吧？想逃跑，在马戏团

从马戏团里逃走了。"妇人钦佩地说道，那口气好像在说：那个匹诺曹就能做到。

卡尔想起今天早上在列车上看到的新闻报道。报道称，马戏团的一个年轻杂技演员在德国巡演时逃跑，演出内容被迫更改。

"可能是压力太大了吧。"妇人将鼻子凑近花束，闻着花香，看上去十分享受，"这世上不顺的事，大多都源自压力。"

卡尔继续向前走。罗滕堡的街道两旁，搭建着红色人字形屋顶的小房子鳞次栉比，每次来到这里，都仿佛置身童话世界。丈夫出轨、妻子不忠、订婚对象的身份、儿子的去向等,卡尔总是调查这些令人感到疲惫的现实之事,心情十分糟糕。一想到"我来这里真的好吗",他就不舒服,这种感觉就像可爱的动画片《猫和老鼠》里突然走进一个真人恐怖电影的演员。他开始感到害怕,似乎自己每踏出一步,周围就会被侵蚀一分,变得像铅灰色一样灰暗、沉重。

道路两旁店铺林立,行人寥寥无几。平时这里可能会热闹一些。下午四点过后,天色渐渐暗下来,路灯的灯光静静地照在街上,人们肯定都在各自家中忙着准备圣诞节的晚餐。

卡尔穿过广场,走进狭窄的小巷。挂在店外当作装饰的小招牌个个都很精致,可他却没有余力欣赏它们的可爱。卡尔本就已经认识到自己缺乏感受人或物"可爱"的能力。自从十五岁离家,他从事的多半是些既不起眼又看不到希望的工作。如果只是这样也就算了,然而工作中有太多污染心灵的东西。卡尔可以想象,如果自己

的感受是细腻丰富的,那他的精神早就不堪重负了。目睹人心之恶,靠着陷害别人赚饭钱,这样的生活早已与感受事物的可爱无关。

拐过街角,卡尔差点撞上一家餐厅的招牌。招牌上的店名是用铁丝折成的,很难看清。真碍事,他瞪着招牌,勉强看懂了招牌上的字——幸福①。幸福,这个名字让他讨厌到想把招牌掰断。这时,餐厅门上的贴纸映入卡尔眼帘,贴纸上写着"在这个幸福的夜晚享受幸福的一餐"。我这辈子都不会想吃吧,他想。

卡尔觉得自己好像跟丢了那个男人。这份类似侦探的工作他已经做了四年,还从未让跟踪目标逃出过自己的视线。工作进展如此顺利,或许有技术或诀窍的原因,但更多的是见异思迁的男人满脑子期待着和女人幽会,根本没能注意到有人跟在身后。突然,那个年过五十、大腹便便却走路飞快的男人又出现在了视线里,卡尔心里阴郁起来。何必在平安夜出轨?不,或许正因为是平

---

① 原文为"グリュック",源于德语 Glück,意为幸福、幸运。

安夜才出轨吧。

"啊!"卡尔身旁传来一个声音。只见一个穿着短款呢子外套的小男孩呆呆地张着嘴,抬头望着天空。他右手虚握成拳举着,像举着一把伞。

"你看看,"一旁留着胡子、看上去应该是小男孩父亲的男人严厉地说,"都说了让你好好拿着。"

红色的气球从小男孩的头顶上方飘过,似乎在充分享受解放后的自由,接着轻快地向上飘去了。

"可是……"小男孩吞吞吐吐,似乎想为自己辩解,但又没想出合适的理由,只得以一副快要哭出来的表情央求道,"气球,帮我拿下来吧。"

"都飘到那么远了,拿不到了啊。"

"鸟,"小男孩说,"鸟能帮我拿。"

"驯鹿也行,"小男孩的父亲似乎有些不耐烦,"今天是圣诞节,驯鹿会在天上飞,说不定能抓住气球。"

"是吗?"

"所以,今天晚上圣诞老人会带着气球来的。这次的圣诞礼物就是气球。"

"我想要更好的礼物呀。不想要气球……驯鹿真的会在天上飞吗?"

"会。"父亲说道,似乎认为这是理所当然的。

别对小孩子说谎啊。听着这对父子的对话,卡尔不大高兴。

"有一种皮尔里驯鹿,它们体形较小,在驯鹿中尤其擅长飞行。"

"真的吗?"

"在法国的洞窟里,存有古代描绘驯鹿的画。驯鹿一般只居住在北极或北方,但那幅画却出现在相对靠南的国家。你知道这是怎么回事吗?"

"不知道。"

"因为驯鹿飞过去了啊。"

"真的吗?"

"从夏天开始,圣诞老人便忙于驯鹿的飞行训练,而且健康管理也很重要。"小男孩的父亲似乎来了兴致,尽

管孩子早已失去了兴趣，他依旧喋喋不休地说着大话，"就像以奥运会为目标、不断强化身体素质的运动员一样，驯鹿也会在今晚展示它们本季最棒的飞行表演。"

"有几只驯鹿呢？"

"八只哦。还有一只红鼻子的鲁道夫，一共九只，在今天将以最强阵容出场。"

卡尔听着这对父子的谈话，想起了小时候自己的父亲发脾气时的样子。父亲曾是业余足球队的主教练，大赛前必须选拔队员，想办法填补受伤球员的空缺，为此伤透了脑筋，焦躁不安，总是"球队、球队"地发着牢骚。如果卡尔说想去看那场比赛，父亲就会支支吾吾地岔开话题。一开始，卡尔还不禁要问为什么不让他去看比赛，但后来他察觉到，那是因为父亲不想让他看到那支实力很弱的球队。

2

卡尔跟在男人身后走了很远。道路变得越来越狭窄，周围发白的草皮和干枯的杂草渐渐多了起来。走出小镇，不知什么时候，左手边出现一条小河。天色渐暗，小河看上去仿佛冻住了一般，但其实还在流动，翻起小小的波浪，就好像在呼吸。它就像一只庞大的动物，屏住呼吸，一动不动地横卧在那里，静静地活着，只有脉搏在跳动，不给小城和生活在那里的人们带去困扰。流动的水则是它的血。

路上没有行人,即使和那个男人拉开距离也不会跟丢,正是跟踪的好时机。

刚才男人还急匆匆的,现在却放缓了脚步,或许是算到可以赶上约定的时间了,当然,也可能是拖着一肚子赘肉走,没了力气。还没出轨就筋疲力尽了怎么行?

不久,眼前出现一座桥,男人右拐,卡尔紧随其后,渐渐远离了看似要和他一直并排前行的小河。

卡尔进入了一片住宅区。门上挂着圣诞花环的住家依稀可见,喧闹的声音随着屋里的灯光一起透出窗外。圣诞歌在耳畔响起,卡尔摸了摸耳旁的伤疤。

越向里走,每户人家的占地面积越大,铺在路上的花砖也越发漂亮,这一带看上去都是高级住宅。卡尔不知道究竟做什么工作才能住进这样的房子。他还不至于觉得是干坏事,但如果自己的人生重来一次,要走什么样的路才能住进这样的房子呢?想到这里,他不禁愕然——也许,无论选择哪条路都无法实现吧。

一直走在前面的男人停下了脚步，转身面向路旁的一栋房子，似乎想要把住在里面的人喊出来。卡尔斜穿过小路，藏到路旁的树后面，望着男人。那栋房子比周围的都要大，虽算不上城堡，但窗户的数量就像小型酒店一样多，单是从里面出来走到外面的大门，也须穿过宽敞的院子，恐怕要花些时间。

卡尔真想问问究竟是谁能住在这里，而他很快就知道了答案。他拿出小型双筒望远镜观察，只见一个女人让那个男人进了院子。卡尔想起大约两个月前在杂志上见过那个女人，她是一个有名的投资家。世界经济正处于前所未有的停滞阶段，她从金钱交易中赚得了巨大利益，并用那些钱购买大量艺术品，还寻求特定画家的作品。她举止高雅地表达着诸如"我不在乎钱，你们赶紧把画卖给我"这种卑鄙的企图。这是与我无缘的世界，也是和我无缘的优雅之事——卡尔读着那则报道，心中一阵嘲讽，却没想到他跟踪的男人的出轨对象竟然就是这个女人。和卡尔的想法相反，他和那些还是有缘的。

男人擦着汗，和女人一同走进偌大的房子里。

卡尔缓缓走到大门前，观察着庭院和建筑。他想，男人来到情人家，肯定不会很快就出来，既然特意来了，应该不会只亲一下脖子，说一句"下次再见"就结束。如果是以前，卡尔会将建筑拍下来，然后寻找能偷窥室内状况的地方，但这次他没有。跟踪第一天就抵至出轨现场，由此可以判断这次任务难度不大。此外，因为委托人的关系，卡尔觉得这次即使认真做了也是浪费。

卡尔向四周望了望，想找个地方休息一下。平安夜在街上漫无目的地徘徊，恐怕会让人觉得他是太过孤单，想被邀请去参加他们的家庭聚会吧。

靠左边稍远处有一个沿河而建的公园。公园不是很大，估计只有滑梯、秋千和长椅。想必从那里也可以看到这栋房子。一个穿着短款呢子外套的年轻男子正坐在那里看书。今年的圣诞节要和他一起过了吗？卡尔自嘲地想着，朝公园走去。

3

"好冷啊。"听见有人和自己说话,卡尔惊讶地看向旁边的男人。刚才坐到长椅上时,卡尔说了一句"不好意思,在你旁边坐一会儿",男人正拼命地读着一本厚厚的书,只是含糊地回应了他,他认为对方不想多说,没再搭话。男人鼻梁很高,茶色头发看上去很柔软,外套中露出来的细长脖颈让卡尔联想到这个男人的体形应该很轻盈,没有赘肉。"风好凉啊。"男人把书放到膝盖上,

搓着手爽朗地说,"都冻僵了。"

"你住在附近吗?"卡尔问道。男人露出一脸困惑的表情。正当卡尔觉得对方可能不想回答时,只见男人耸了耸肩,想要掩饰什么似的说:"不是。大家一起随工作不停换地方住。"

"看来和我一样。我今天也是为工作来罗滕堡的。"卡尔说完,想到了自己这份不像工作的工作,不禁愕然:自己到底在做什么啊?他又问:"天这么冷还在这里读书,是在做什么训练吗?"男人耸了耸肩,苦笑道:"太冷太黑,已经放弃训练了。"

卡尔向男人报上自己的名字,男人说他叫"桑德拉",看起来似乎有些为难。卡尔感到惊讶,心想这不是女人的名字吗?但看见男人一副懒得解释的表情,卡尔也不再追问。

"我还能像现在这样歇一会儿,但像你们这种做调查工作的,基本不能休息吧?简直身心俱疲,真是不容易。"

"什么?"卡尔盯着男人。

"你不是侦探吗？"

突然，一阵风吹来，地上的纸片随风打转。纸片上画着可爱的小丑图案。男人看着被吹走的纸片，微笑着说："我猜对了吗？刚才我看见有个男人拿着个奇怪的大袋子，沿路走了过来，进了一栋豪宅，接着你就出现了。我想你会不会也进去，结果你并没有进去，只是观察了一下周围。我就想，这不就是专门做调查的那种私家侦探的样子吗？你很沉着，不像外行。此时你坐在椅子上，也没有放松警惕。"他兴致勃勃地问："刚才那个男人是和什么案子有关吗？"

"你好像突然对这件事很感兴趣啊。"

"因为每天都波澜不惊，偶尔也想找点刺激。"男人的视线移向放在膝盖上的书。那似乎是一本推理小说。

卡尔看着那栋豪宅。"现实可和虚构的小说不同。那个男人只是出轨，而我是来调查他出轨一事的。"

"他看上去一把年纪了，还出轨？"

"这个嘛，如果身体还算健康，又有出轨的对象，就没什么问题吧。男人可能就是这样的生物。当然也有例外，也没什么好奇怪的。"卡尔避重就轻地说，"其实今天才开始调查，因为妻子觉得丈夫的样子很可疑，就委托了我。"

"也不能肯定就是出轨吧？"

"他出过轨，经验告诉我，这次也是。"

"那栋房子是那个谁她家吧？"男人说出了女投资家的名字。

"她好像是单身。"

"也没有孩子。"

卡尔没想到男人这么了解，半开玩笑般说："她在电视或杂志上总是显摆自己的戒指啊项链啊，还有装饰在家里的画。那些装饰品就是她的家人吧。"卡尔觉得自己或许真的说对了。

接下来，二人探讨了两德统一的问题，比如，如果东德没有执意做出改变，统一的价值还能显现吗？还有几个月前结束的世界杯，夺冠靠的是运气还是实力呢？

预选赛中，和哥伦比亚的一战最精彩，难道不是托了阿根廷的福吗？不，是托了里杰卡尔德退场的福……二人就这样你一言我一语地聊着。

聊天告一段落，卡尔发现嗓子都疼了。有多久没有和别人这样天南海北地聊天了？卡尔拼命回忆却怎么也想不起来。狂吹的寒风也不再让他感到不愉快。

这时有声音传来。循声望去，只见有一家人正走在路上。男孩和女孩手拉着手，走在穿着外套的父母中间。父母留意着不好好走路、左右摇晃的孩子们，但即使是责备他们，仍流露出幸福的感觉。

"果然是因为圣诞节。"男人说，"可能是心理作用，人们看上去都很开心。孩子都在期待着礼物吧。他们天真地相信'圣诞老人是不会给坏孩子带礼物的'这种话，拼命成为好孩子，或者至少拼命装成好孩子。至于坏孩子，圣诞老人是不会来的，来的是魔鬼克朗普思。"

"这是德国才有的传说吧。"

"关于圣诞老人和圣诞节的传说，世界各地都不一样嘛。"男人耸了耸肩，"各国马戏团上演的节目倒是基本相似。话说回来，不管是哪个国家的孩子，都在盼望着圣诞老人。"

"那可不一定。"卡尔条件反射般说道，听上去十分坚决。

"啊？"

"世上有多少孩子真的相信圣诞老人会来呢？大多数孩子都知道那只是编出来的故事。你也一样，对吧？"

"我从小就知道。"男人耸了耸肩，看起来很落寞。

"对吧？不管是看电视剧、电影还是绘本，出现的都是父亲扮演的圣诞老人。孩子并不像大人想的那样。圣诞老人模样的人不一定是真的圣诞老人，孩子只是为了圣诞节这个节日而装出一副被骗的样子。"

"你的话里带着情绪啊。"男人看起来并没有觉得卡尔不理智，而是露出一副对新发现感到震惊的样子。

卡尔有些吞吞吐吐："我只是有过一些糟糕的经历。"

"糟糕的经历真是糟糕。"

卡尔觉得这个认真说出这句话的男人有点滑稽，微微一笑。

"可以的话，能和我说说吗？如果是出轨，你跟踪的那个人可能一时半会儿还出不来，还有时间。"

卡尔凝视着男人，觉得他是一个认真的年轻人。能看得出，玩笑似的话也是他斟酌一番后，试图看看自己的反应才说出来的。

"说这种话实在抱歉，不过平安夜和侦探一起过，感觉很新鲜。"

卡尔看着面带笑容的男人，缓缓开了口，仿佛咻地撕掉了黏着在唇上的东西。

4

"我家以前经营着一家卖画材的小店。小店孤零零地伫立在商业街的尽头,有时孩子们会来买画具,业余画家也时常来买画布或画油画用的材料。家里只有父母和我三人,虽不富裕,但小店的收入也能让我们糊口。不过,小孩子可能都比较敏感,那时的我隐约察觉到我不能任性地给家里增添负担,因此从不闹着要买玩具和书,也不缠着父母带我去游乐园。即便抛开自己的立场,以

不带偏袒的目光来看，我也确实是个好孩子。"

坐在一旁的男人依旧面带微笑，默默地倾听着，这让卡尔觉得自己好像正靠着一棵大树自言自语。

"现在想想，那时候父亲或许就已经感到厌烦了。生活虽可勉强维持，但每一天都很平淡，毫无新鲜感。他对这种寂寂无闻又无聊的人生彻底厌倦了吧。那时我还不懂，现在却可以想象了。人生已经注定没有改变和进步，再也没有比这更令人感到痛苦的了。"卡尔说，"所以，我想可能是为了追求自由，于是做起了类似侦探的工作。但当时并没有人告诉我，侦探这种职业也不是那么自由的。可能就是这个原因，父亲的情绪一直都不好，总是拿母亲出气。他从外面回来，衣服上经常沾着长头发，头发的长度、颜色和母亲的都不一样。就连还是小孩子的我都知道，父亲是去了什么地方，和我们不认识的女人见面了。"

"你父亲没有什么爱好吗？"

"他主动提出要当业余足球队的主教练，休息日经常出去。"

"那是一支很强的球队吧?"

"我不知道。"卡尔歪着头,不解地说,"我一场比赛都没去看过。父亲既没有给我看过那支球队,也没有邀请过我去观看比赛。我只知道他为了选拔参赛队员一直焦躁不安。"说到这里,卡尔突然"啊"了一声。

"怎么了?"

"我刚意识到,那可能是在掩饰出轨。他其实没当什么足球队主教练,那只是他定期外出、几个小时都回不来的借口,不是吗?现在想想,看见他衣服上沾着长头发,大多是在足球队练习回来之后。"

"一般男人说这种谎话,不是立刻就会被妻子拆穿吗?"

"只要母亲一问,父亲就会大声呵斥:'和你无关的事少插嘴!'在那个小小的家,父亲还会摆出一副国王的架子。母亲也因此积压了诸多不满。"这时,卡尔想起了一开始的话题,"对了,圣诞节。对我来说,圣诞节曾是最棒的节日。"

"曾是最棒的节日？"

"嗯。就算家里那么穷，我也会收到礼物。虽说一年只有一次，但那天能得到喜欢的东西，是平时连想都不敢想的。"

"你是怎么要的？"男人笑着问。

"就和父亲说'我想要那个'之类的。我跟朋友学的，将愿望写在纸上或者口头告诉满脸不高兴的父亲。我知道如果我还跟他要礼物，很可能会被狠狠收拾一通，但还是战战兢兢地说了。结果出乎意料地顺利，他竟回答'知道了，我会转达的'。所以，那时我非常确信，如果没有圣诞老人，父亲听了我的话肯定会勃然大怒地说：'你觉得家里会有钱给你买玩具吗？'他既然爽快地答应了，说明玩具是不需要花钱的。看来，圣诞老人那家伙还真有啊。一开始收到礼物时我满怀感激，此后的每一年，我都许下圣诞愿望，每一年都期待着这一天，平安夜,也就是今天。我可是掰着手指头数呢。倒是精神可嘉，

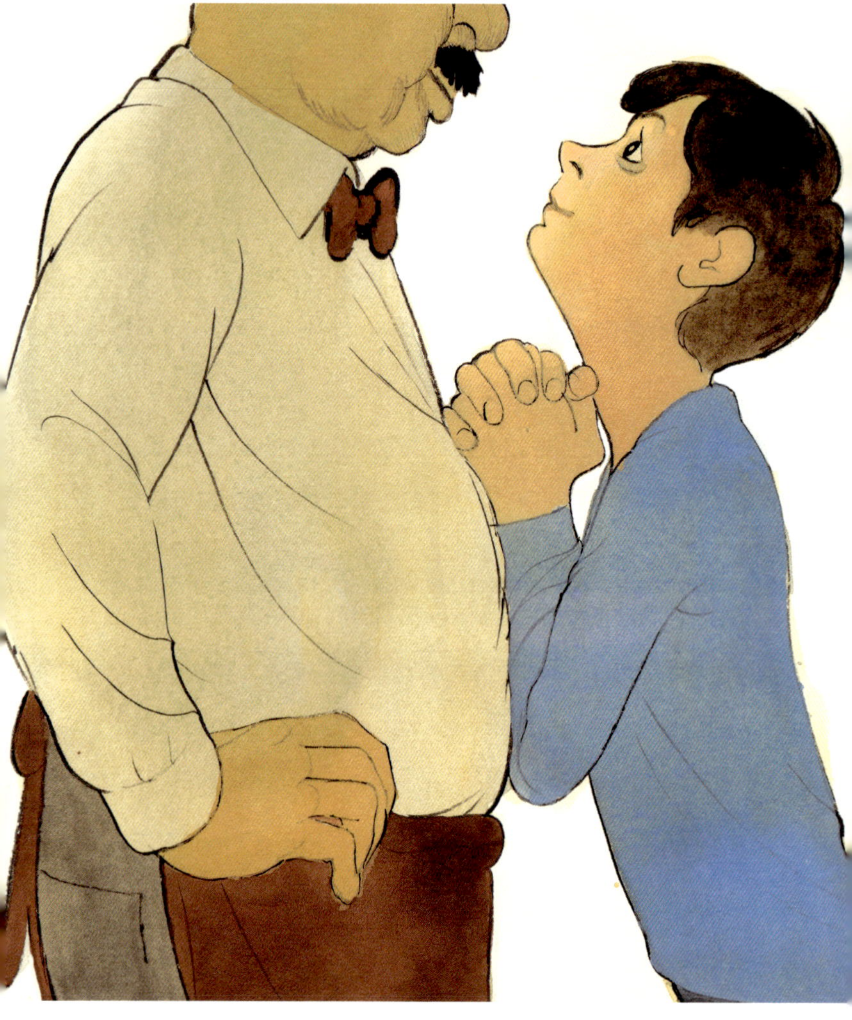

但精神得过头了。"

"就像刚才说的,大多数孩子都应该知道世界上根本就没有什么圣诞老人。"

卡尔带着一丝自嘲苦笑着说:"除了我以外吧。除了我,其他孩子很早就知道,送给他们圣诞礼物的圣诞老人只是父母或认识的大人假扮的。因为也有小孩在其他日子收到过圣诞礼物。我家很穷,根本没有闲钱给我买玩具,所以我相信就算圣诞老人不去别人家,也一定会来我家。那时我坚信这一点。"

"你不会一直都相信吧?"男人似乎感到震惊,像在看珍稀动物一般看着卡尔。

"说出来你可能会笑话我。十五岁,直到十五岁我都还相信。"

"这不是什么难以启齿的事。"男人温柔地回应道,"因为你一直相信着那如梦一般的故事,快乐地度过了那些时光。要看你怎么理解这件事,说不定你比其他朋友都幸福。"

"不过,仔细想想,圣诞老人也有办不到的事,因为一个人不可能一晚上走遍世界。得到想要的玩具既不现实,驯鹿会在空中飞也是一个称不上童话的童话。"

"确实。"男人继续道,"那后来你是怎么知道世界上没有圣诞老人的?发生了什么事吗?"

两个大男人坐在公园的长椅上讨论圣诞老人,这让卡尔一阵眩晕,他感觉好像在参演一场完全不好笑的喜剧,有些难为情。但话题已经开始,很难在中途停止,于是他回答道:"确实发生了一件事。"

记忆的匣子一打开,罪恶感和羞耻感便轻轻飘到了心头。

"其实,如果后半夜起床,目睹放礼物的经过,就能完全明白了,但我做不到。"

"为什么?"

"因为我醒不来。"

闻言,男人扑哧一声笑了。"是吗?你的睡眠质量真不错。"

"还有一个原因,就是我不想目睹真相。人面对打击,一般都想间接地接受吧。"

"我理解。"

"所以我就想,假如没有圣诞老人,当我想要的圣诞礼物是一个家里无论如何也买不起的东西时,就会露出马脚吧。"

"我明白了。"

"我想到的是自行车,那种很酷的越野自行车,价格不菲。我家也不是没有那种能换钱的东西。高外祖母留给母亲的戒指和父亲收藏的有流行艺术家签名的海报,都稀有又昂贵。"

"这样啊。"

"他们经常说'有困难就把这个卖了'。我便想,买自行车是不可能的,卖掉戒指或海报看来也不行,如果圣诞老人是假的,父亲就会对我说出实情了吧。我快十五岁了,已经没有必要再让我相信有圣诞老人了。若是迄今为止的那些礼物,节衣缩食还买得起,自行车就

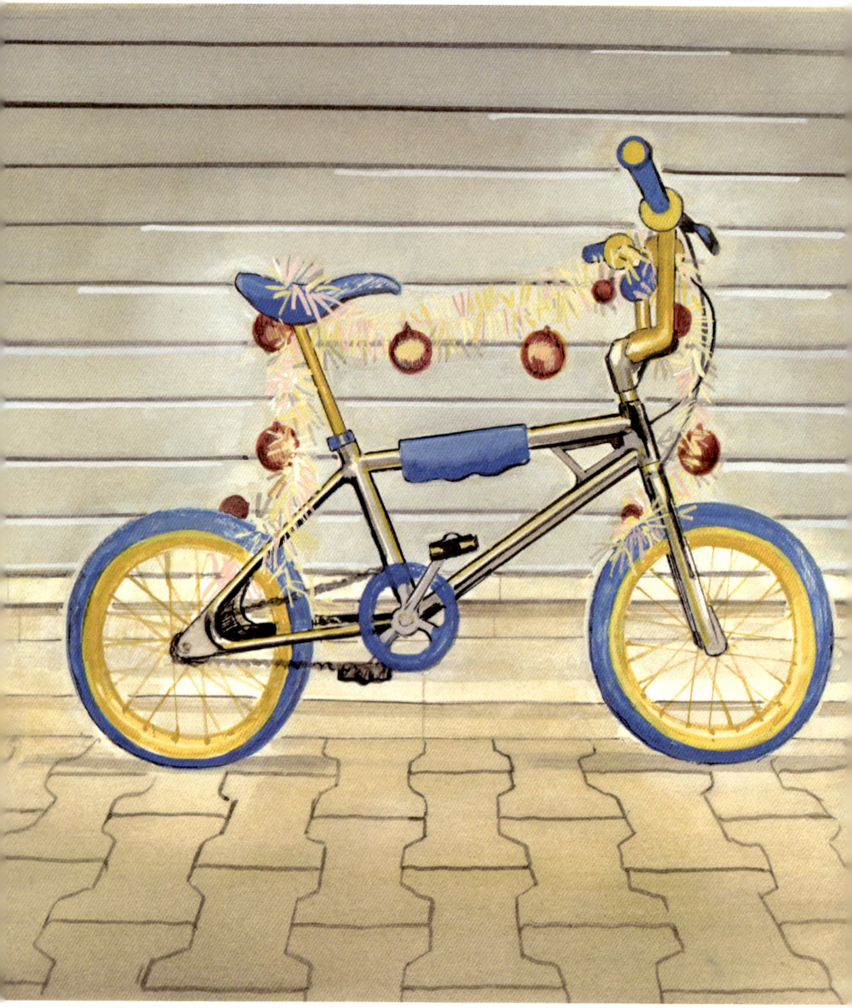

不行了。"

突然,一到年末就在家里那张小桌子前弓着背、盯着账本看的母亲的模样在卡尔脑海中闪过。那账本记录的开支是家里的还是店铺的不得而知,她大概是在为怎么凑出过年的钱绞尽脑汁。

"你父亲是怎么做的?"

"一直到平安夜,什么都没发生。父亲虽很冷漠,日子却和平常一样。不过能感到父亲经常出轨。"卡尔想起了那年的平安夜,他躺在床上,心怦怦直跳,身体快要随心跳晃起来了,睡意全无。等他意识到时,已经是第二天早上了。

"礼物果然没有送到吧?"

"送到了。自行车没法放在枕边,对吧?我来到家门前,发现那里停着一辆我想要的自行车,很酷。"

"真好啊。"

"真的特别酷!"卡尔已经想不起那辆他只骑过几次的自行车的样子了。

"可以想象。"男人微笑着说,又催促般往下问,"由此你确信真的有圣诞老人?"其实他心里已经料想到答案并非如此。

"有一瞬间,我差点就相信了。想着真是太好了,果然有圣诞老人,以后每年都能要昂贵的礼物了。但很快我就知道了实情。"

"怎么了?"

"就在我开心地绕着街区骑了一圈回去之后,我听到了父母的争吵。一直沉着冷静的母亲第一次情绪爆发了。她愤怒极了,质问父亲'为什么要把戒指卖了'。我惊讶地发现,愤怒爆发的力量甚至能创造一个新的宇宙。"

"哎呀……"

"连不善学习、反应迟钝的我都意识到了,为了给我买自行车,父亲竟然把戒指卖掉了,真是愚蠢。看来,世上是没有圣诞老人的。"

"你确定是你父亲用卖戒指的钱买了自行车?"

"我没有证据,不过本来这种事也不会有证据。从当

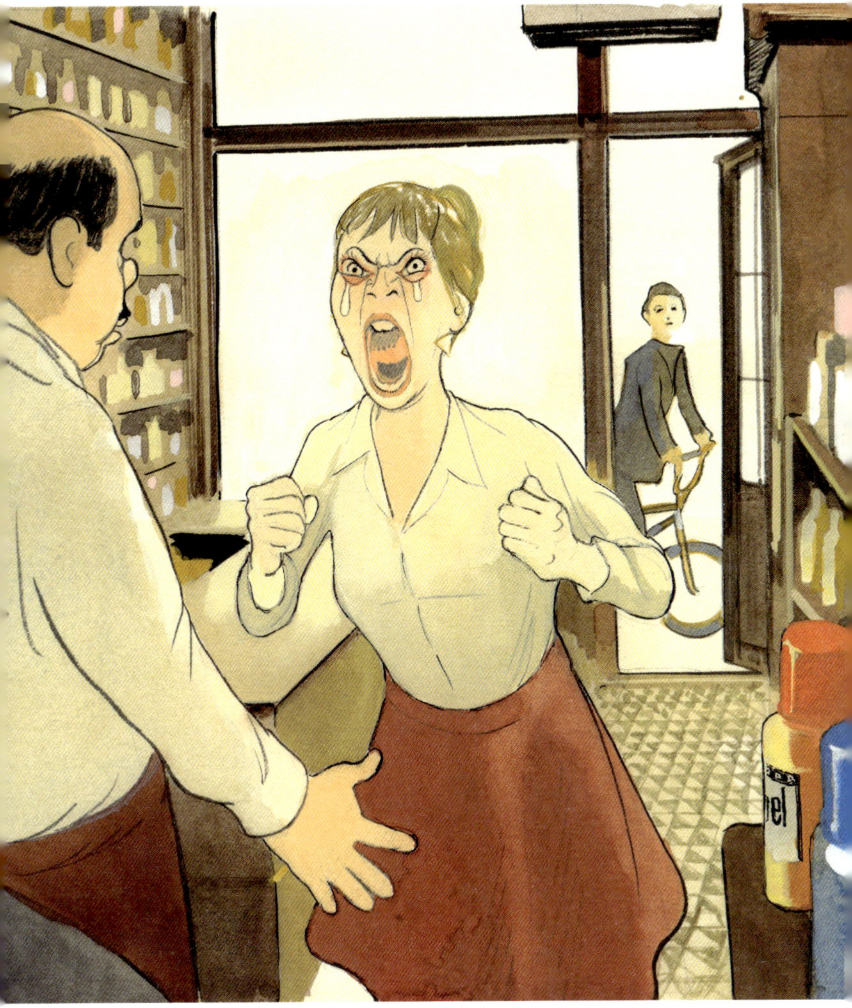

时的状况来看，肯定没错。"

"如果真是那样，我倒觉得他是一个好父亲。他在拼命地实现孩子的愿望，哪怕做得有点过了。"

"与其说是为了孩子，不如说他在逞强。父亲可能也察觉到我是抱着挑衅的心态说出想要自行车的。我想着'老爸，你买不起吧'，但被他看穿了，所以我很生气。"

"哎呀，原来是这么回事。"

"我从父母的争吵中得知，那时父亲碰巧认识了专收戒指的人，他就把戒指卖掉了。剩下的钱，大概给出轨对象花了或是贴补生活费了。就在那一年，我离开了家。我已经彻底厌倦了和自私顽固的父亲一起生活的日子，也很难再忍受似乎要把一直以来忍受的东西全吐出来的母亲。"

"或许对你母亲来说，戒指只不过是导火索。"

"没错，戒指只是导火索。她多年来不断积压在心中的不满因为圣诞节那件事爆发了。"卡尔叹了口气，环视着公园。四下无人，只有风呼呼地吹着。"我离家出走，摆脱了那个出轨的顽固父亲，现在却做着侦探的工作，找找离家出走的人，查查出轨的事，真是讽刺。而且，我也是个顽固的人。"

"卡尔先生你离开家，与其说是讨厌父亲，可能更多是出于对自己做的事感到罪恶和羞耻吧？"男人刚才还宛若一个倾听者，此刻又像一个积极接近对方的心理咨询师。

卡尔并没有感到不悦。"你说得没错，"他承认道，"我讨厌自己的幼稚。我知道下一个圣诞节到来时，我将无法忍受羞耻的感觉和对自己的厌恶，所以在那之前跑出了家。"

"不过，就算你没有让那件事发生，你母亲也会在某个时刻爆发。就算放任不管，宇宙还是会被创造出来。我并非在安慰你。"

"或许吧。"卡尔点了点头，"谢谢你的安慰。"

5

"你讨厌牵强附会吗？"路灯照亮了四周，朦胧的灯光下，男人突然问道。

卡尔觉得差不多该站起来了，闻言反问道："牵强附会？"

"应该说是解释吧。解释的方法不同，事物呈现的样子也不同。比如……"男人正在想接下来应该怎么说，卡尔在这片刻的停顿中望向了周围。"比如，一个汗流浃背的男人想解开衬衫的第一颗扣子,卡尔先生,你对此怎么看?"

"你问我怎么看,我也不清楚。嗯……或许是他热得满头大汗,所以想解开扣子透透气吧。"

"也许一般都会这么考虑,但还可以这么想:他突然觉得脖子那里勒得太紧,便想解开领口的扣子。只是扣子总是解不开,天气炎热,摆弄那颗系得很紧的扣子让他浑身冒汗。"

"这确实很牵强。"卡尔有些吃惊,但还是笑了笑。

男人没有畏怯,似乎很是开心,继续说道:"嗯,没错,是很牵强。一般来看是这样,就像玩一种关于可能性的游戏,一旦改变了看待事物的方法,就会发现原来也可以像这样考虑呀!"

"关于可能性的游戏?"

"听了卡尔先生你的话,我想要不要试着玩一下这个游戏。看你脸色一直阴沉,所以我想,或许那件事有另一种看待方法,可能事实不会改变,但能让你稍微开心一点。就当作一时的心理安慰,虽然你可能会笑着不理我,或者担心我的精神是不是还正常。"

"什么意思?"

"请你不要太认真,我只是想开一个小玩笑。嗯……难得的平安夜,你不想玩一下吗?"

"好。"卡尔稍微放松下来,"你想怎么解释我刚才的话?"

"你父亲是真正的圣诞老人,这样解释怎么样?"

6

卡尔看着男人,他不知道自己现在是怎样的表情,但觉得自己现在看起来肯定十分恍惚。

"别这副表情嘛。"男人说,"只是个游戏。"

"就算这么说……"

"对了,你知道吗?圣诞老人是两个传说结合而成的。"

"两个传说?"

"一个是著名的圣·尼古拉斯,他是三世纪末的神职人员。一天,他得知了一个贫穷男人的事。男人有三个温柔美丽的女儿,但因出不起陪嫁的钱,迟迟无法将女儿嫁出去,他很难过。"

"我也明白没有钱的苦。"卡尔还算认真地回应道。

"圣·尼古拉斯得知这件事后,一天,他把一个装着钱的袋子悄悄从窗口扔进了男人家。多亏他的帮助,男人的三个女儿得以顺利出嫁。总之,这成了'送礼物的神秘男人'圣·尼古拉斯的缘起。"

"这是个不错的故事,但一般情况下,人们是不太敢使用一笔被扔进家里的巨款的,这会让人感到害怕,自然也不必悄悄送过来了。那么,这就是圣诞老人的起源吗?"

"圣·尼古拉斯作为送礼物的男人、守护孩子的男人的代名词,似乎在各地传开了。据说,圣·尼古拉斯在荷兰语中是'sinterklaas',因此取谐音称他'Santa Claus'。"

"总之,因为圣·尼古拉斯,大家开始互送礼物了。

就是说，世上并非真的有圣诞老人。"

"另一个传说是说在更久以前，北极附近有骑着驯鹿在空中飞的精灵，你知道吗？"

"什么？精灵啊……"卡尔渐渐失去了兴趣。

"嗯。"虽是自己说出的话，男人却露出一副困惑的表情，"很无聊吧？但好像真有这样的传说。那些精灵骑着驯鹿在各地分发礼物。"

"这个更像所谓的圣诞老人。"

"我觉得圣诞老人是将这个传说和圣·尼古拉斯的那个混在一起了。精灵从很久很久以前就在送着神秘礼物，神职人员圣·尼古拉斯的传说出现后，两个传说相结合，有了现在的圣诞老人，不是吗？"

"我觉得现在圣诞老人的样子是从可口可乐广告海报来的。[①]"

"好吧，这就看你喜欢哪种说法了。"

[①] 1931年，可口可乐公司为圣诞节的促销活动设计了喝可乐的圣诞老人，穿戴经典可口可乐红衣帽的白须慈祥老人形象自此广为流传。

卡尔没有作声。风拂过他的后颈。

"你刚才说,一个人不可能一晚上走遍世界,但如果圣诞老人不是圣·尼古拉斯,而更接近精灵,能让时间停止,会怎么样?一晚就是永远。"

"又不是电影。"

"又或者,这项工作是多个小组共同完成的。组员一起克服困难,如果不能按期完成就增加人手投入。在各地选定负责人,同时配送礼物。说不定可行。而且,也许啊,不必为每个孩子都送呢。"

"为什么?"

"就像你刚才说的,如果是富裕的家庭,父母给孩子买玩具就行了。圣诞老人会挑出家里不富裕的孩子。"

"真是个庞大的工程。"卡尔觉得这个想法有些愚蠢,但一想到那个宏伟的计划,他竟有些激动。

"接下来就看驯鹿的了。"

"驯鹿会飞吗?"

"飞也有很多种。有轻轻跳跃的那种,也有跃出海面飞出三百米远的那种，比如飞鱼。"

"圣诞老人的驯鹿是真的在天空中飞吧？"卡尔在脑海中描绘着拉雪橇起飞的圣诞老人一行的画面。

"嗯。以前我在书上看到过一张照片，据说是美国农业部的资料。照片上是一群驯鹿，它们聚集在一片广阔的土地上，角落里的那几只很明显正朝天上飞，就像飞机一样。"

"农业部啊，一听就不靠谱。"

"是啊。"男人表示认同，继续道，"不过，说不定那是驯鹿的毛。"

"驯鹿的毛？你在说什么？"

"我在说你父亲回家时沾在衣服上的长毛啊。"

"喂，你到底什么意思啊？"

"卡尔先生，你刚才说你父亲曾是足球队主教练，对吧？他其实是在调配驯鹿呢。像我刚才说的，如果圣诞老人的角色由多人承担，那就要为每个圣诞老人分配驯鹿。哪怕一只驯鹿病倒，都需要重组整支队伍，非常麻烦。

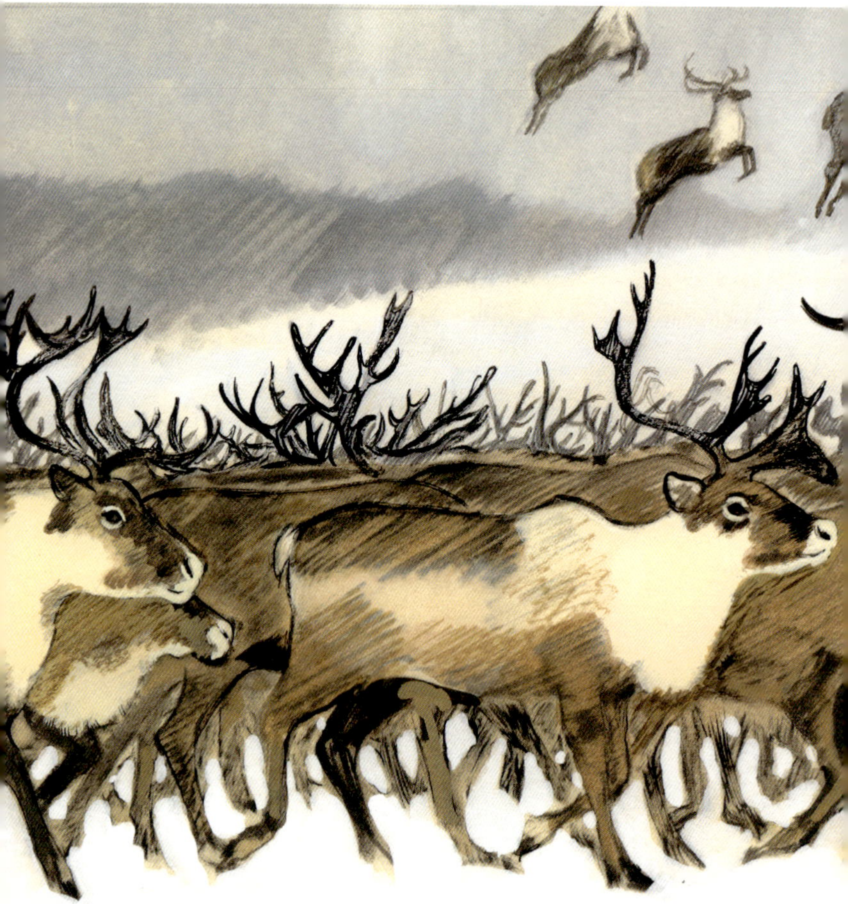

恐怕你父亲是为了隐瞒驯鹿的事，才假装成足球队主教练。为了在圣诞节呈现最棒的表演，他必须精心地训练驯鹿。"

"你说的是真心话？"

"卡尔先生，你刚才说你家在临近年末时会记账，或许那是礼物清单呢。对圣诞老人来说，清单是必不可少的。"

"如果圣诞老人是我那个成天板着脸的父亲，幻想可就都破灭了。"

男人笑了。"说不定那也是在掩饰。为了不让孩子知道他在做圣诞老人的工作，他装成没用的大人，出轨也只不过是做做样子。"不知什么时候，男人站了起来，边说话边比画着手势，像在工作会议上陈述己见。

"那自行车又是怎么回事？如果父亲是圣诞老人，应该不用卖戒指给我买自行车。还是说，圣诞老人准备的玩具要用戒指作为原材料？"

"卖戒指或许不是为了买自行车，而是在世界上的某个地方,有个孩子想要戒指。那枚戒指真的非常珍贵。"

"这不合理。"卡尔的措辞虽有些生硬,但心情还算不错,"如果是这样,母亲没必要那么生气。如果她知道丈夫的真实身份,那也应该知道戒指的去向吧?光靠那些证据,能推测出很多种可能。照你的说法,所有出轨回来的男人只要把错误推给驯鹿就万事大吉了。"

"果然说不通吗?"男人笑着说。听到卡尔说"这不合理",他看上去似乎更开心了。

"还有一点。你说我父亲出轨也只不过是做做样子,但你错了,他并不是在做样子。"

男人站在原地,面向卡尔。

卡尔耸了耸肩,用下巴指了指街灯并排而立的那条路。"今天我跟踪的目标是我父亲,就是那个受到豪宅女主人的迎接、兴冲冲地走进去的男人。平安夜出轨,果然不会是圣诞老人吧。"

7

"刚才说过,我十几岁离家,之后再没回去过。父母可能会担心我,但他们没有报警。或许他们从我的言行和情况推断出我不可能卷入什么案件。就在最近,母亲突然给我打了一个电话。"卡尔想起接到电话时的感觉——竟没有怀念或感慨,也没有厌烦,出乎意料地淡漠,只觉得像回到了十多年前自己十几岁的时候。稍作停顿后,他问道:"你怎么知道我的电话号码?"

"大概是之前的某个委托人认识我母亲吧。有一天她碰巧听那人说起，一下子就觉得接受委托的人应该是我，然后就给我的事务所打了电话。"

"一听就知道是你。"母亲的声音有些激动，还能听出她似乎对自己作为一个母亲而拥有的直觉感到骄傲，她连说了三遍"一听就知道"。

"过了一会儿，她哭了。我已经忘了她，本以为她也忘了我，但她好像一直在担心我，这让我有些意外。那天，她只是问了问我身体怎么样，没再说别的。后来，她经常给我打电话。有空时我会接，没空时就选择无视。前阵子我接了电话，只听她对我说，父亲可能出轨了。"

男人皱了皱眉，似乎感到很遗憾，无声地催促卡尔继续说下去。

"这两个月，父亲频繁外出，回来得也很晚。问他去哪儿了，他含糊其词，身上还有很浓的香水味。母亲说，在我小时候父亲确实出过轨，但自我离家出走后，他洗心革面，不再出轨了。我真想对母亲说一句'别再相信那种男人了'，可最终没有说出口，因为我觉得母亲是一个非常脆弱的人。"

"她委托你调查了？"

"我提议算了，因为即便调查，结果也显而易见。但和其他委托人一样，她坚持不调查就不能轻易下结论。委托人付钱给我，让我调查出轨，大多是想得到对方没有出轨的结果，但最后都只是徒劳。"

"所以你今天就来跟踪你父亲了？"

"我有别的工作，实在腾不出时间啊。委托人是母亲，我也不打算收钱，就当是打发空闲时间吧。于是我就来了罗滕堡。父亲竟然进了那个女人的家，这让我有点惊讶。我半路上就已经把圣诞节忘到一边了。"

不知什么时候，男人坐回了卡尔身旁。只见他双臂环抱，似乎在思考什么。不一会儿，他换了个姿势，活像罗丹的雕塑《思想者》。

卡尔刚说完"你差不多也该回去工作了吧"，便听男人说道："卡尔先生，你父亲或许想和你重归于好。"

"怎么突然这么说？"

"我不由得设身处地，试着体会了一下你父亲的心情。独自经营小店，日子很难说得上轻松，还要养育孩子，肯定会有不开心的时候吧？但他其实是想和孩子一起好好生活的，不是吗？"

"谁知道呢。"

"我认识的已为人父母的人大多如此。看到孩子高兴的脸庞，他们就会露出无比幸福的表情。"

"就像去看马戏团表演的观众那样吗？"说完，一个想法突然在卡尔脑中闪过：这个男人也许就是那个从马戏团逃走的人。

男人并没有在意卡尔的话，继续说道："你能再听我牵强附会一次吗？"

"什么？"

"这次比刚才的现实一点。"男人笑了笑，"卡尔先生，你真的认为你父亲出轨了吗？就算在你小时候的确如此，但我想，他现在依然在反省。"

"这是你希望的吧?"

"也可以这么说。只是,如果他没有出轨,会怎么样?他就这样渐渐上了年纪,觉得有一件事无论如何都必须要做。"

"什么事?"

"赎回你母亲的戒指。"

卡尔没有说话。

"你父亲一直在后悔擅自卖掉了戒指。可能卖的时候他没有考虑那么多。那笔钱是打算贴补生活费,还是给当时的情人付分手费呢?"

"不管是什么,都不是什么值得赞扬的事。"

"是啊,都不是值得赞扬的事。或许看到你母亲勃然大怒的样子,他才意识到自己做的事有多过分。就算这件事无法一笔勾销,至少在自己还活着的时候倾尽全力去挽回,或许他是这么想的。"

"挽回?怎么挽回?"

"可能他是为了赎回戒指才去那个人家里的。"

卡尔略显惊讶，望向那条路。

"住在那栋房子里的女人一直在收集艺术品和宝石，经常戴着好几枚戒指出现在杂志和电视上。"

"父亲见过她戴着母亲的戒指？"

"你父亲可能早就开始寻找戒指了。然后不知是从照片还是什么别的地方得知戒指在那个女投资家的手上。"

"父亲是怎么知道她家在这儿的？"

"可能是雇了像卡尔先生你一样的私家侦探，也可能是自己一点一点打听出来的。恐怕正是因此，你父亲才在这两个月频繁地秘密外出。他瞒着你母亲寻找女投资家，也许多次和别人交涉，还见到了她。"

"所以他身上才有香水味，你要说这个吧？"

"所以他身上才有香水味，不是吗？"男人又笑了。

"就算是这样，那要怎么赎回戒指？我不认为父亲有那么多钱。"

"他可能会一点一点地存，也可能打算用那张带签名的海报交换。刚才他不是拿着一个大袋子吗？"

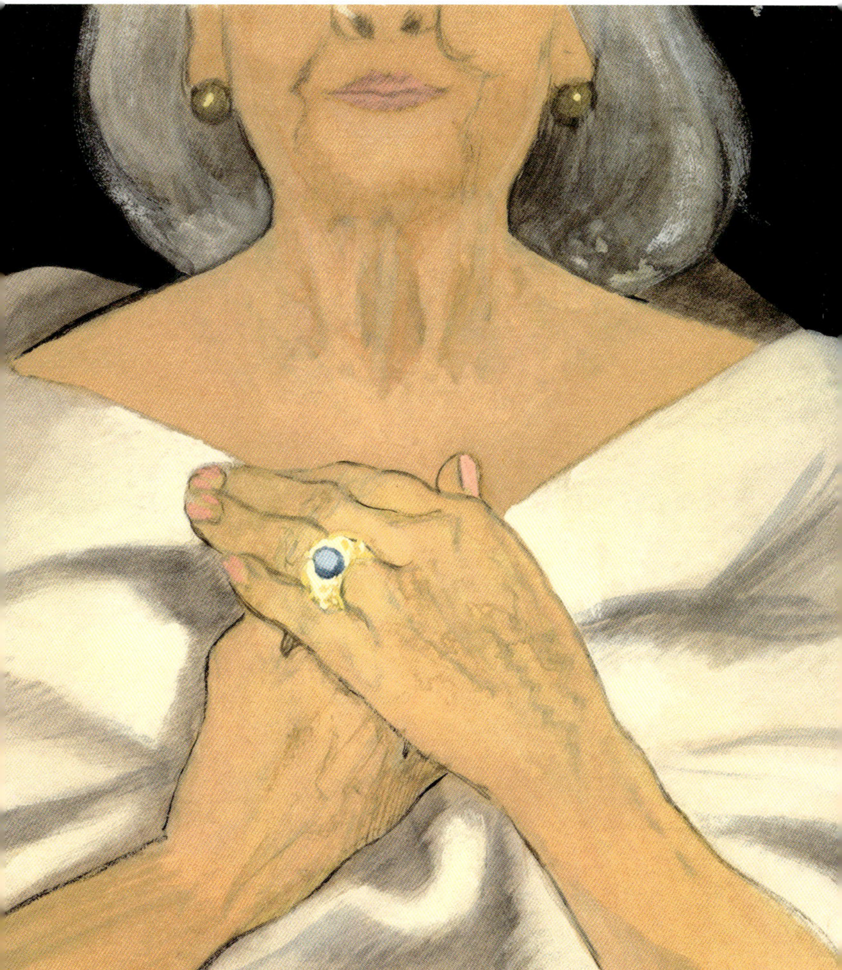

"你记得真清楚啊。"卡尔的父亲刚才确实扛着一个不知是白色还是灰色的大布袋走在路上。

"因为很像圣诞老人扛的袋子,令我印象深刻。"男人说,"如果那张海报很值钱,你父亲迫切的心情又触动了女投资家,收回戒指也不是不可能。"

卡尔愣住了。他看了看男人,随即又望向那条路。男人的话还在继续,缓缓流入卡尔的脑海。

"当然,这也是我在牵强附会,不一定对。只不过,万一你父亲能从这儿拿回戒指,礼物就可以送你母亲想要的东西了。我觉得这样才称得上是平安夜。"

"我母亲想要的东西?"

"圣诞节就是这样啊,是一个能得到自己想要的东西的节日。啊,当然,卡尔先生,我想你母亲也很想见你。"说着,男人站起身,拍了拍屁股上的灰,"怎么样?"

"什么怎么样?"

"回家里看看?"

"我还是觉得不行。"卡尔挠了挠头。

"是离家太远，还是心中有顾虑？"

"都有。"

"如果只是距离的问题，总会有办法的。"男人伸了个懒腰，说道，"太晚了，我差不多该走了。和你聊天，我非常开心，好像又能继续努力了。"

"我也很开心。"卡尔也站了起来，准备目送男人离开。

卡尔站在原地，久久无法动弹，因为他的余光瞥见了令他惊讶的情景。一开始他感到有些茫然，以为出现了幻觉，但眼前渐渐清晰起来。他看到一个男人从那栋大房子里走了出来。最初看不太清是谁，卡尔凝目而视，从体形和走路姿势判断出是父亲时，他笑了。

旁边传来轻快的声音，卡尔循声看去，只见男人也忍不住笑了。

父亲穿着红白色的衣服，戴着帽子，不知这些东西是不是他自己带过来的。这副打扮只能让人联想到圣诞老人。起初他似乎有些难为情，但很快又把心一横，稳健地快步前行。

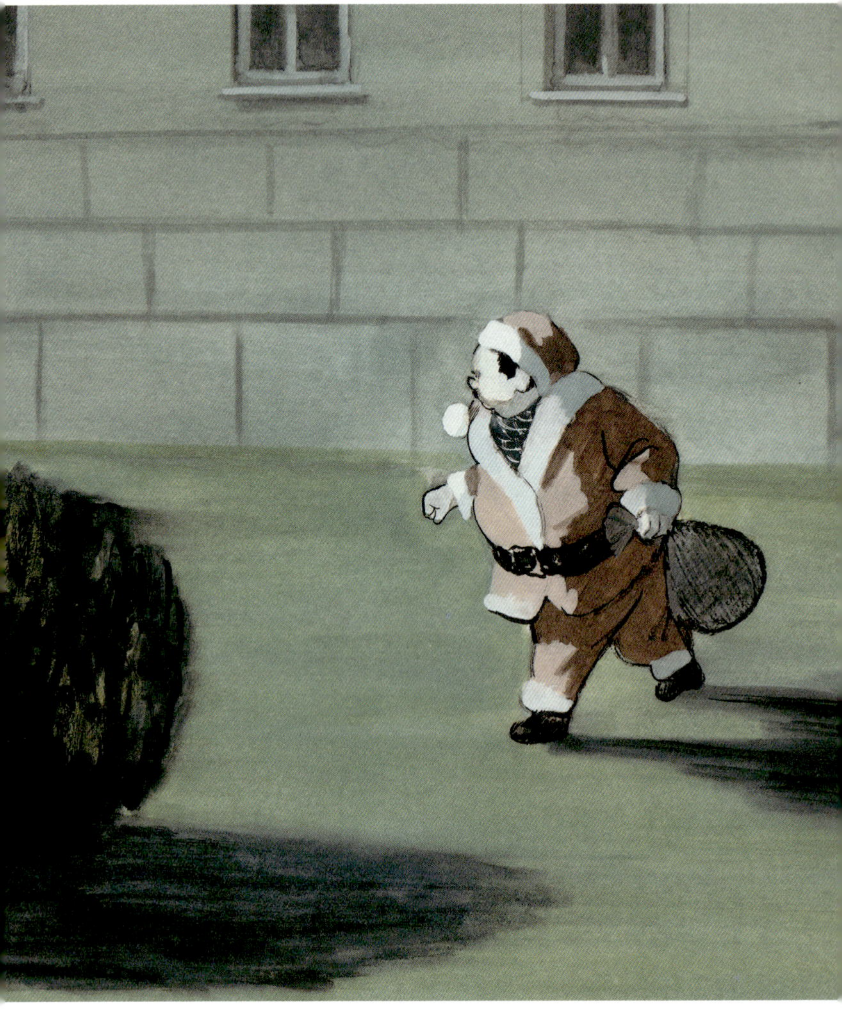

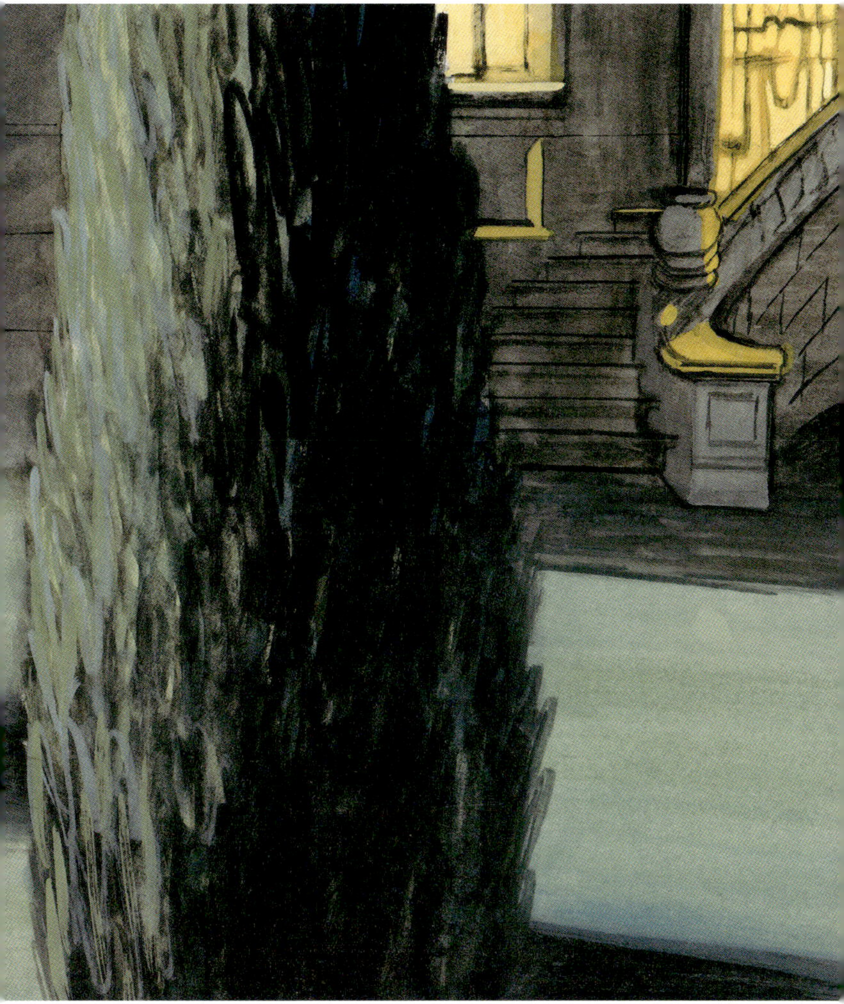

卡尔目不转睛地看着父亲的身影，直到他在视线中消失。"这又是为什么？"看着父亲这副模样，卡尔感到羞耻。

"穿成那样为你母亲送礼物啊。"

"在家附近换装不就行了？"卡尔不禁说道。

"也是。"

公园一片寂静，天空更暗了。挨家挨户庆祝圣诞节的光景仿佛融进了黑暗的天空中。

"卡尔先生，接下来你要去哪儿？"

"刚才我路过了一家餐厅，招牌很别致，我可能去那儿。"卡尔无意识地脱口而出。他想起那家店叫"幸福"。"你要去哪儿？"不等男人回答，卡尔又继续问道，"难道你就是那个从马戏团逃走的人？"

男人看上去一本正经，但那种远离世俗的感觉又让人觉得他是能轻松地跳到空中的马戏团演员。

男人有一瞬间感到非常惊讶，但很快回应道："说起来，是听说那人不见了。很遗憾，我不是那个人。不过，从'飞上天空'这个意思上来说,我确实很像马戏团演员。"男人耸了耸肩,"接下来我要跨越两个国家。"

"什么?"

"今天的配送范围太广了,但不超过北回归线。"男人对愣在原地的卡尔说道,"很久以前,在凡间的精灵好像说过'看,你们常说的桑德拉·克罗斯',可能是把圣诞老人的发音听错了。①"

"桑德拉?"卡尔感到脑子有些混乱,但似乎被晾在了一旁。男人没有理会卡尔,自顾自地继续说道:"因为自转,一天不止二十四小时,而是有三十一小时可用。多亏这样,才能稍微休息一下。"

"你到底在说什么?"

这时,远处突然传来短促而尖细的呼喊。

卡尔循声望去,只见公园入口处有两个人影。那两个人都穿着西装,脊背挺得笔直,表情非常严肃。

男人朝他们挥了挥手,大声喊道:"我这就过去!"

---

① 英文中,"圣诞老人"和"桑德拉·克罗斯"的发音相近。

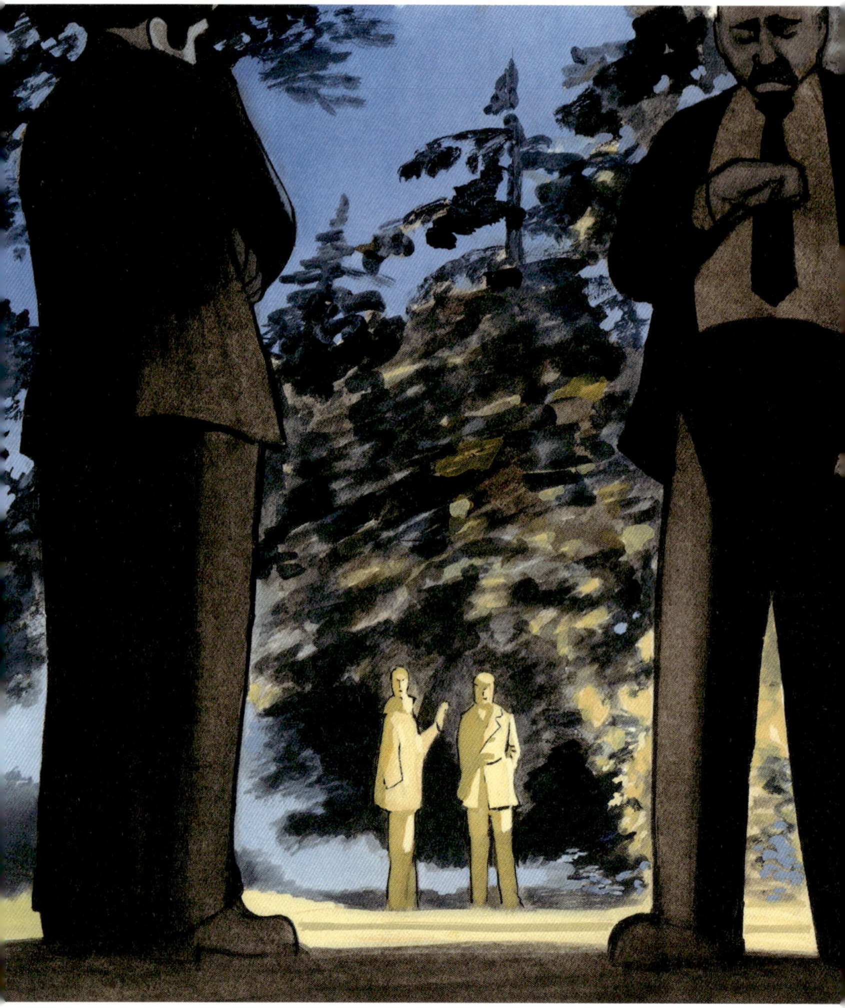

随后,他在卡尔耳边低语:"是克朗普思。不管怎么说,是来帮忙的。"

我的自行车!我的自行车究竟是父亲用卖了戒指的钱买的,还是你们放在那儿的?卡尔很想这样问,但话到嘴边,还是咽了回去。

男人朝公园外走去,突然停下脚步,回过头对卡尔说:"从父辈开始,就已经不穿那种红衣服了哦。"不知什么时候,他手中握住了一个白色的大袋子。那两个表情严肃的男人拍了拍他的肩,催促他赶快离开。

一眨眼的工夫,三个男人都消失了。卡尔甚至不知道刚才和男人的聊天是不是真的发生过,而且没有人能听他讲那个不得了的男人,他的疑问也无处解答,但他并没有觉得不高兴。他轻轻叹了口气,自言自语道:"圣诞老人也得休息啊。"

后记

这本小说的大纲基于我大一时写的一部短篇小说。当时我还是个业余写作爱好者,那部短篇小说是我有生以来完成的第一部作品,因此在写作能力上还显得很笨拙,但构思和故事的展开我都很喜欢。二〇一〇年,河出书房新社要出版特集《文艺别册 伊坂幸太郎》,我有幸重写整个故事,发表在特集中,真的很难得。

之后,编辑突然提议:"难得您写了关于圣诞节的故事，我们想赋予它形式，把它做成一份能送出的礼物。"

我们商量在书中加入插画或图片，想呈现得更加有趣，没想到曼努埃尔·菲奥先生竟接下了这项工作。菲奥先生的作品给人以幻想、抒情的感觉，非常美，也非常温柔，贴近每一个去看的人，我很喜欢。这次他能为我的作品画插画，我十分感激。最后那幅跨页的画很像电影的场景，但又有电影绝对无法表现的色彩和静谧，我觉得很震撼。制作过程中，能定期看到寄来的画，真是一种奢侈的喜悦。真的非常感谢。

文中有关圣诞老人的知识，参考了《空中驯鹿的故事 现在揭晓圣诞老人和他的圣诞任务的真相》(罗伯特·沙利文著，格伦·沃尔夫绘，井原美纪译，集英社)。

伊坂幸太郎

《再见马戏团》就像收进玻璃盒子里的小小雪景，每次窥视，都能看出不同的细节，视角一变，眼中的景色便渐渐不同了。

因此，每次读到这本书的最后总会感到怅然若失，不由得想再从头读一遍。每次重读，一定又能发现神秘而崭新的变化。

曼努埃尔·菲奥

图书在版编目（CIP）数据

再见马戏团 /（日）伊坂幸太郎著；（意）曼努埃尔·菲奥绘；倪莎莎译. -- 海口：南海出版公司，2020.5
（伊坂幸太郎作品）
ISBN 978-7-5442-9726-4

Ⅰ.①再… Ⅱ.①伊… ②曼… ③倪… Ⅲ.①长篇小说-日本-现代 Ⅳ.①I313.45

中国版本图书馆CIP数据核字(2019)第271400号

再见马戏团
〔日〕伊坂幸太郎 著
〔意〕曼努埃尔·菲奥 绘
倪莎莎 译

出　　版	南海出版公司　(0898)66568511	
	海口市海秀中路51号星华大厦五楼　邮编570206	
发　　行	新经典发行有限公司	
	电话(010)68423599　邮箱 editor@readinglife.com	
经　　销	新华书店	
责任编辑	张　锐	
特邀编辑	杨雯潇　王　雪	
营销编辑	李鹏举　李　畅	
装帧设计	韩　笑	
内文制作	王春雪	
印　　刷	北京奇良海德印刷股份有限公司	
开　　本	787毫米×1092毫米　1/32	
印　　张	2.5	
字　　数	33千	
版　　次	2020年5月第1版	
印　　次	2020年5月第1次印刷	
书　　号	ISBN 978-7-5442-9726-4	
定　　价	45.00元	

版权所有，侵权必究
如有印装质量问题，请发邮件至zhiliang@readinglife.com

著作权合同登记号　图字：30—2019—080

Christmas with a Detective by Kotaro Isaka and Manuele Fior
Copyright © 2017 Kotaro Isaka/Manuele Fior/CTB
All rights reserved.
Originally published in Japan by Kawade Shobo Shinsha Publishers Inc.
Chinese (in simplified character only) translation rights reserved by
Thinkingdom Media Group Ltd. under the license granted by Kotaro Isaka
and Manuele Fior arranged through CTB Inc..

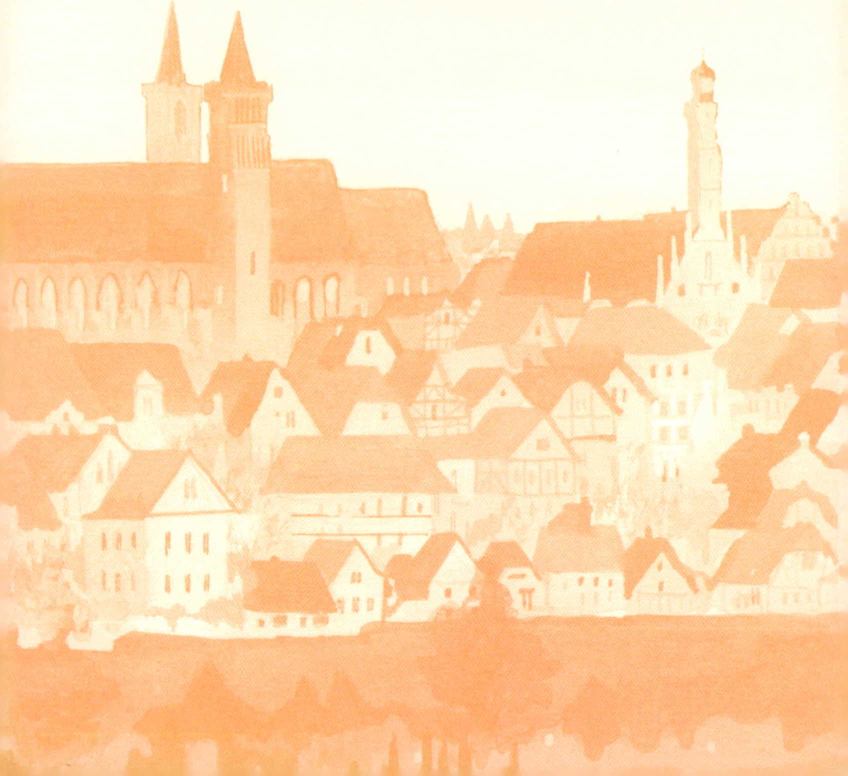